La réforme de l'opéra de Pékin

Collection dirigée par Lidia Breda

Maël Renouard

La réforme de l'opéra de Pékin

Rivages poche
Petite Bibliothèque

Retrouvez l'ensemble des parutions
des Éditions Payot & Rivages sur
www.payot-rivages.fr

© 2013, Éditions Payot & Rivages
106, boulevard Saint-Germain – 75006 Paris

ISBN : 978-2-7436-2618-1

J'avais vu tant d'hommes célébrés puis déchus, et tant d'hommes déchus puis réhabilités, que j'ai longtemps gardé l'espoir d'être un jour tenu pour digne de l'histoire de notre pays. La roue avait tourné, elle tournerait. Je n'aurais sans doute plus été là pour le voir. Je me récitais la phrase que jetaient par défi les condamnés à mort, sur l'échafaud : « Dans vingt ans, je serai à nouveau un beau jeune homme, un brave... » Ma réhabilitation aurait peut-être servi quelques lointains neveux, aujourd'hui cantonnés à un rôle obscur dans des sections provinciales du Parti. Plus tard, me disais-je, ils sauraient de quelle gloire j'ai été proche et quel pouvoir fut le mien. Ils endurent difficilement les liens qui m'unissent à eux. De toutes leurs forces, ils me renient. J'éprouve comme une ultime souffrance le fait de peser sur eux irrémédiablement ; même si, d'un geste brutal, je m'effaçais sur-le-champ de ce monde, la tache de ma mémoire disgraciée perdurerait à leur détriment. Je ne les blâme pas de m'avoir en aversion. Ils sont les enfants de leur temps comme j'ai été celui du mien. On leur a dit que j'avais été associé à des crimes ; que j'avais eu l'orgueil dément de mettre en pièces une civilisation vieille de milliers d'années ; et qu'il est de toute façon vu d'un très mauvais œil d'évoquer cette période, de sorte qu'elle sera bientôt entièrement oubliée des nouvelles générations. Moi aussi j'ai voulu effacer un passé ; depuis des années je regarde tomber sur moi la vengeance du temps.

Je sais que ma fin est proche. De jour en jour mes mouvements s'amenuisent, mon souffle est plus court. Je reçois peu de médicaments, et bien tard. De mille manières on s'en explique à moi d'un ton ferme et doux ; mais je connais assez les hommes pour voir clair dans les yeux de ceux qui me soignent. On ne me tuera pas ; on ne fera rien pour m'empêcher de mourir. L'un des médecins compatit avec le vieillard que je suis devenu. Il sait qui j'ai été ; il me regarde comme un lion qui aurait perdu ses dents, ses griffes, son élan musculaire. L'autre est impatient, fébrile, presque vindicatif comme si je l'avais envoyé se briser les reins dans les rizières, il y a trente ans. Serait-ce le cas, après tout ? J'ai fini par me le demander. Je suis tout de même sûr qu'il est trop jeune pour avoir été pris dans les luttes de ce temps-là ; un de ses parents, peut-être.

*

Depuis peu, les occasions de raviver les souvenirs se sont multipliées. J'ai lu la semaine dernière un entrefilet qui annonçait la libération de Yao Wenyuan. J'ai songé à lui rendre visite, si je retrouve quelques forces. Mais il faudrait entreprendre des démarches fastidieuses, qu'on rendrait interminables au point de me décourager ; le seul fait d'aller à Shanghai serait soumis à des autorisations qui ne viendraient jamais ; et surtout nos liens s'étaient à la fin accompagnés de tant de malheurs qu'être à nouveau en présence l'un de l'autre nous mettrait, je le crois, fort mal à l'aise.

Il n'était pas beaucoup plus vieux que moi. Il s'était fait connaître assez tôt, au milieu des années 1950, pour des articles de critique littéraire qu'il publiait dans *Le Mois artistique et littéraire de Shanghai*. Son style était lourd et brutal ; son visage aussi, ovoïde et sans cheveux, qui lui donnait un air de campagnard ahuri. Il ressemblait à un portefaix plus qu'à un écrivain. Il ne laissa d'ailleurs aucune œuvre littéraire mémorable. Durant la période qui alla de la mort de Mao au procès de la bande des Quatre, la presse l'appela constamment « le malfaisant écrivain raté ». Il analysait les œuvres à la seule lumière de l'idéologie ; ses anathèmes étaient retentissants. Tous les auteurs redoutaient de voir paraître sur eux un article signé de lui. S'il révélait des tendances droitières dans un livre, c'était comme un arrêt de mort. Il montra que le subjectivisme de Hu Feng faisait insidieusement obstacle à l'édification socialiste ; il pourfendit la tiédeur créatrice de Wang Shuming ; il attaqua les idées bourgeoises décadentes de Feng Cun, qui suggérait dans un de ses récits que l'amour devait être laissé à part de la politique. Ce ne sont que quelques exemples. A-t-on jamais vu un critique littéraire doué d'un si grand pouvoir ? Sa plume était une arme mortelle, la mienne était inoffensive. J'étais assistant à l'université de Beida où j'enseignais l'histoire de la littérature. Mes études n'étaient redoutées de personne ; elles n'étaient lues que de quelques érudits. Alors je fus enclin à l'admirer, bien que j'eusse eu honte d'écrire avec son style fruste.

Mon père était directeur du Da Guan Lou, le vieux cinéma

de la rue Dashilan ; il s'est retiré peu avant le déclenchement de la Révolution culturelle. Dans les années 1920 il avait travaillé pour la compagnie de production des frères Shao, la Tianyi ; il était une sorte de conseiller artistique, qui donnait son avis sur les scénarios et souvent les récrivait ; on le voit aussi apparaître comme figurant dans trois ou quatre films. Lors d'un tournage, il avait rencontré ma mère qui était actrice, carrière à laquelle elle renonça assez tôt ; elle ne fut jamais en tête d'affiche, mais fit des apparitions remarquées dans certaines productions à succès. Le père de ma mère était professeur à Qinghua ; il avait étudié la physique en Allemagne dans les années 1890. Il écrivit des textes pour *Nouvelle Jeunesse* et joua un rôle important dans le mouvement du 4 mai ; il était plus proche de Hu Shi que de Chen Duxiu. Ma mère tomba gravement malade et mourut juste après la Libération.

Mon père venait de Tianjin, où mon grand-père avait une belle demeure dans la concession italienne. Mon grand-père avait été le conseiller d'un seigneur de la guerre pour les affaires économiques ; il possédait plusieurs usines, dont une fabrique de chapeaux que l'on m'avait fait visiter dans mon enfance. Il avait de la fortune, il était élégant. Il fut une figure de la vie mondaine brillante qui jusqu'en 1937 anima le quartier des concessions européennes de la ville. Il connaissait la famille de Zhou Enlai. Il avait peut-être entretenu des liens avec l'empereur déchu, Puyi, qui vécut là pendant quelques années. On me le raconta, mais rares étaient ceux, dans notre famille, qui voulaient soit y croire soit s'en vanter.

C'est peut-être sur la foi de cette rumeur que je fus approché pour aider Puyi à écrire ses mémoires. Il lui avait été attribué un emploi au Jardin botanique de Pékin ; de temps à autre, Zhou Enlai, et plus rarement Mao, s'entretenaient courtoisement avec lui. On était en 1962 ou 1963, je ne me souviens plus exactement. Hu Yaobang, que j'avais connu à la Ligue de la jeunesse communiste chinoise, me fit venir dans son bureau et me dit que plusieurs personnalités de haut rang – et lui-même en premier lieu – pensaient que j'étais particulièrement qualifié pour mener ce travail qui demandait « beaucoup de savoir, de la délicatesse et une saine conscience des enjeux qui entouraient la publication d'un tel ouvrage ». Un jour, nous nous vîmes tous les trois, Puyi, Hu et moi. Hu dit à l'ancien empereur : « Ce garçon est l'un de nos plus brillants éléments dans la lutte révolutionnaire sur le front de l'éducation et de la culture ; il ira loin. » « Oui, et il vient de loin », répondit mystérieusement Puyi, ce que je pris comme une sorte de confirmation de la rumeur qui concernait mon grand-père ; nous n'en reparlâmes jamais par la suite. Quant aux paroles de Hu, elles m'étonnèrent aussi, car si je faisais le nécessaire pour ne pas être brimé en quelque manière, j'avais plutôt l'impression de ne pas être parmi les plus zélés.

Puyi écrivait des phrases que je croyais de mon devoir de

corriger ou d'expurger ; j'en écrivais pour lui qu'il répudiait souvent. « Un jardinier parle avec des mots simples, un empereur parle avec des mots purs. C'est pourquoi ils choisissent souvent les mêmes mots. Toi, tu me fais écrire des discours de pédant. » Je ne cédais rien sur les passages à retrancher, mais je me pliais d'assez bonne grâce à ses réprimandes contre ma rédaction ; on s'en étonnera peut-être, alors que j'aurais pu arguer de ma qualité de futur cadre du « front de l'éducation et de la culture » pour lui répondre sèchement. Je n'avais pas perdu, je crois, toute forme de respect confucianiste devant cet homme qui avait été le dernier souverain féodal ; ses liens probables avec mon grand-père m'attendrissaient ; et puis j'avais le sentiment que si je lui déplaisais trop, il détaillerait innocemment aux camarades les souvenirs qu'il avait de ma famille ; c'était sans doute, me disais-je, le sens de sa répartie elliptique à Hu Yaobang. À vrai dire, tous devaient plus ou moins connaître mes origines bourgeoises ; mais on n'aurait pas été mécontent de verser à mon dossier le plus grand nombre de pièces compromettantes, le jour où l'on aurait voulu me tenir à l'écart, freiner ou briser ma carrière.

Pendant l'occupation japonaise, mon grand-père non seulement ne s'était pas compromis avec l'ennemi, mais il avait entretenu des relations discrètes avec les forces de la résistance. Il n'était pas de la classe honnie des « capitalistes *compradores* » ; il faisait partie des « capitalistes nationaux patriotes » que le nouveau régime voulut associer, un temps, à la régénération du pays. En mai 1949 eurent lieu les « Interventions de Tianjin » où Liu Shiaoqi admonesta les camarades qui en dépit du bon sens voulaient s'attaquer à la bourgeoisie. Je crois que Liu et mon grand-père se parlèrent à cette occasion. Mais en peu de temps l'alliance pragmatique avec la bourgeoisie loyale s'épuisa ; de grandes vagues de nationalisations survinrent au milieu des années 1950. Il y eut des compensations. La loi de juin 1956 – qui prévoyait de verser aux anciens patrons des dividendes annuels s'élevant à 5 % de la valeur du capital qu'ils avaient investi dans les entreprises passées sous le contrôle de l'État – permit à ma famille de conserver un train de vie enviable.

*

Au printemps de l'année 1965, Yao Wenyuan demanda à me

rencontrer. Je connaissais son nom, sa réputation. Je ne l'avais jamais eu en face de moi. Ses quartiers étaient encore à Shanghai, mais il venait souvent à Pékin et il allait sans doute, me dit-il, y être de plus en plus présent. La conversation porta sur la littérature. Yao faisait assaut d'amabilités ; il feignait constamment de se placer sous l'autorité de mon érudition ; il me disait avoir lu et apprécié des articles que j'avais écrits. Il me félicita pour mon analyse du *Récit de la Source des fleurs de pêcher*, qu'il trouvait fine et poétique « tout en ne cédant aucun pouce de terrain aux rêveries réactionnaires que cette œuvre très ancienne pouvait facilement engendrer chez des esprits faibles ou bien hostiles à l'édification socialiste » ; il jugea que j'avais commenté *Le Rêve dans le pavillon rouge* avec beaucoup de subtilité, « sans verser un seul instant dans les théories féodales à la Yu Pingbo ». Je le remerciai chaleureusement. Ces brevets de loyalisme idéologique ne valaient pas grand-chose. Il aurait pu dire le contraire tout aussi facilement, car en réalité jamais je n'évoquais directement les questions de politique dans mes textes. Mon style était en outre concentré, elliptique, de sorte qu'un cadre de la propagande comme Yao pouvait y trouver ce qu'il voulait, selon qu'il était décidé à me tenir pour un ami ou un ennemi. Je perçus nettement le pouvoir qui s'exerçait sur moi à travers ces flatteries. Je me sentis, comme l'on dit, « prisonnier de la main qui vous élève vers le ciel ».

Nous parlâmes longuement de *La Destitution de Hai Rui*, l'opéra dont Wu Han avait écrit le livret et qui avait connu un grand succès lors de sa création, quelques années auparavant. Je l'avais d'ailleurs vu et à l'époque beaucoup admiré. Yao me pria de bien vouloir mettre à sa disposition mes larges connaissances historiques concernant le genre de l'opéra de Pékin, car il s'interrogeait sur certains points et recherchait « l'avis d'un véritable spécialiste ». Quand notre discussion fut terminée, je resongeai avec un peu d'étonnement à ces déclarations préliminaires, qui ne devaient être que pure politesse ; car Yao avait déjà des idées très précises sur la pièce, il les développait puis il me demandait : « est-ce qu'on peut dire cela ? », et à chaque fois je ne voyais pas comment répondre autrement que « oui ». En fait, ces questions ne portaient presque jamais sur la pièce elle-même, mais sur les parallèles qu'on pouvait y trouver avec le temps présent. « Ne trouves-tu pas, me demanda-t-il par exemple, que le plaidoyer de Hai Rui pour la redistribution des terres aux paysans est un scandaleux encouragement à ceux qui veulent détruire les communes populaires et en définitive restaurer la domination féodale des propriétaires fonciers et des paysans riches ? » Je dis que rien ne faisait – d'un point de vue historique – obstacle à une telle lecture ; il eut l'air satisfait de ma réponse.

Quelques mois plus tard, je retrouvai l'essentiel des hypothèses qu'il avait lancées devant moi comme pour les tester, dans l'article ravageur qu'il signa sur *La Destitution de Hai Rui* et qui fut considéré par la suite comme le coup d'envoi de la Grande Révolution culturelle prolétarienne. Yao montrait que Hai Rui, le fonctionnaire probe qui osait dire la vérité, c'était Peng Dehuai, et que Jiajing, l'empereur du XVIe siècle qui le chassait injustement, influencé par de funestes courtisans, c'était Mao Zedong ; l'œuvre était donc une grossière attaque révisionniste contre celui-ci. « Loin d'être une fleur parfumée, elle est une herbe vénéneuse », disait l'article. Le coup avait été préparé de longue date. Il obligeait chacun à choisir son camp ; on s'en souviendrait une fois confirmée la reprise en mains du Parti. Écarté du pouvoir réel depuis la fin des années

1950 et l'échec du Grand Bond en avant, Mao put compter au moment décisif sur le fidèle Lin Biao qui était resté à la tête des armées durant cette période. Ses opposants avaient été trop confiants, ils avaient cru que son affaiblissement serait irrémédiable ; en quelques semaines ils furent débordés par cette contre-attaque qui s'appuyait sur des forces tacites dont ils n'avaient pas mesuré l'ampleur. Au printemps 1966 leur défaite était définitive.

*

À partir de ce moment-là, je pris régulièrement le chemin de

Zhongnanhai. Yao Wenyuan fut de plus en plus souvent à Pékin, comme il me l'avait mystérieusement annoncé. Le Groupe central de la Révolution culturelle – le GCRC – se constitua au mois de mai. Un peu plus tard, Yao me proposa de travailler pour le compte de la commission théâtre, que dirigeait Li Yingru. Son pouvoir semblait devenir grand ; en 1969 il allait rejoindre le Politburo, alors qu'il n'avait pas quarante ans.

Mao avait confié à son ancien secrétaire particulier, Chen Boda, et à sa femme, Jiang Qing, la direction du GCRC. Jiang Qing avait des ambitions nombreuses. La réforme de l'opéra de Pékin était l'une des principales. Elle disait que nos scènes étaient encombrées d'empereurs, de rois, de généraux, de ministres, de damoiseaux et de damoiselles – et autres génies malfaisants de l'époque féodale. Où étaient les ouvriers, les paysans et les soldats qui étaient les piliers de la société nouvelle ? C'étaient eux qu'il fallait servir et instruire ; c'étaient leur vie et leur image qu'il fallait représenter. Mao enseignait : « De deux choses l'une : ou bien l'on est un écrivain, un artiste bourgeois et alors on n'exalte pas le prolétariat, mais la bourgeoisie ; ou bien l'on est un écrivain, un artiste prolétarien et alors on exalte non la bourgeoisie, mais le prolétariat et tout le peuple travailleur. »

Dans les tâches auxquelles je pris part, il y avait au fond deux desseins à réaliser. Le premier était de composer de nouveaux opéras, des opéras de Pékin à thèmes révolutionnaires contemporains, sans empereurs et sans damoiseaux, mais avec des ouvriers, des paysans et des soldats. L'écriture des livrets devait reposer sur le principe de la « triple association » des cadres du parti, des artistes professionnels et des masses populaires. Les dramaturges étaient invités à s'instruire, dans les campagnes, les armées et les usines, des modes de vie qu'il leur fallait représenter et dont ils ignoraient la réalité. Quand ils revenaient, les auteurs me montraient leurs esquisses. La plupart du temps je devais les corriger. Elles étaient encore imprégnées des vieilles traditions ; comme dans l'ancien opéra de Pékin, les personnages négatifs attiraient excessivement l'attention, les personnages positifs étaient d'une grande fadeur. J'eus souvent à rappeler la doctrine des « trois mises en relief » : « Parmi tous les personnages d'une pièce, mettre en relief les personnages positifs ; parmi les personnages positifs, mettre en relief les personnages héroïques ; parmi les personnages héroïques, mettre en relief le personnage principal. » Je corrigeais des tirades, je perfectionnais les héros, je supprimais des bandits trop séduisants. Au bout du compte, bien que peu le sachent, j'ai écrit une partie non négligeable des livrets de ce qu'on allait appeler les « huit opéras modèles », les seules œuvres qui furent autorisées au théâtre durant la Révolution culturelle.

Notre deuxième dessein était de réformer les mentalités dans les troupes d'opéra. Beaucoup d'entre elles étaient devenues des refuges pour les contre-révolutionnaires de la « ligne noire ». Les artistes se glorifiaient de préserver un art ancien, un trésor dont ils se proclamaient les héritiers. Ils tentaient de saboter la mise en scène des « opéras modèles » en recourant aux procédés d'autrefois. Pendant les répétitions de *Shajiabang*, ils suggérèrent de choisir une « musique neutre » qui accompagnerait aussi bien les personnages positifs que les personnages négatifs, comme si la musique n'avait pas un caractère de classe ; les ouvriers, les paysans et les soldats étaient interprétés avec les vieilles conventions, qui limitaient leur jeu, qui les rendaient ridicules et gauches, le *giba* (mouvements préparatoires des guerriers avant d'engager le combat), le *zoubian* (marche rapide le long de la rampe en entrant en scène), le *suibu* (menus pas des personnages féminins), sans parler des coups de cymbales ponctuant l'arrivée et la sortie des acteurs ; le comble fut atteint lorsqu'on vit qu'ils avaient confié le rôle d'Ah Jing à un homme déguisé en femme, comme c'était la coutume dans les représentations archaïques, ce qui ôtait tout crédit à ce personnage héroïque et minimisait l'action décisive de l'armée révolutionnaire.

L'autorité du GCRC était telle dans les milieux culturels après le mois de mai 1966 qu'il fut rapidement mis un terme à ces menées. En quelques mois la réforme de l'opéra de Pékin était faite. Depuis toujours j'avais été amateur de l'opéra traditionnel ; mais très vite je pris goût à cette entreprise de réinvention totale. Le passé était écarté d'un geste ; nous étions devant une page blanche. La phrase de Mao – « c'est sur une page blanche qu'on écrit les plus beaux poèmes » – me trottait beaucoup dans la tête à l'époque. Souvent Yao Wenyuan me faisait savoir qu'il se réjouissait de mon activisme révolutionnaire. Après la purge qui frappa le GCRC en 1969 – et conduisit à sa dissolution de fait – il me dit que mon travail continuerait de toute façon « et prendrait un jour ou l'autre de nouvelles formes ». Le rôle d'observateur auprès des troupes d'opéra devenait routinier. Yao évoquait quelquefois les hautes responsabilités qu'il me voyait occuper quelques années plus tard, à la direction de la Propagande – ou même, qui sait, comme vice-ministre de la Culture dans les années 1980 ? J'avais d'autres ambitions encore. Je commençai à écrire le livret d'un « opéra modèle » qui aurait pour sujet la traversée de la rivière Dadu, lors de la Longue Marche. Tôt ou tard, me disais-je, il s'en créerait de nouveaux, qui élargiraient le cercle des huit œuvres canoniques ; et tôt ou tard la notion d'auteur, suspecte d'individualisme bourgeois, serait réhabilitée. Les « opéras modèles » étaient en effet des œuvres collectives dont personne ne pouvait se réclamer l'unique créateur ; il aurait fallu attendre que la doctrine de la « triple association » s'assouplisse quelque peu pour conquérir la célébrité comme librettiste. Je l'espérais. En attendant je taisais mon projet. J'ai travaillé pendant trois ans sur ce texte ; je l'ai dissimulé chaque jour, en sachant que s'il était découvert mes camarades le regarderaient avec suspicion. En 1976 il fut emporté avec tous mes papiers par des policiers qui n'y jetèrent pas un regard.

Dans mes missions auprès des compagnies théâtrales, je rencontrais quelques actrices. Il y avait Liu Changyu qui était l'une des grandes vedettes des « opéras modèles ». Jiang Qing la jalousait, elle aurait bien voulu la renvoyer dans l'obscurité. Pendant un temps on l'écarta de la scène ; mais le public se montrait mécontent de son absence, il réclamait à grands cris qu'on lui rende Liu Changyu dans le rôle de Li Tiemei, l'héroïne du *Fanal rouge*. En outre Zhou Enlai la protégeait beaucoup, il veillait à ce que cessent rapidement les vindictes ; autour de Jiang Qing l'on appelait l'actrice « la favorite du marquis de Zhou ». Liu Changyu attirait tous les regards, de nombreux dignitaires en étaient amoureux ; je me jugeai heureux de ne pas tomber sous son charme éperdument. Celle que j'aimai le plus fut Tang Meiyu. Elle était si jeune, elle venait d'une famille de paysans pauvres, son visage exprimait l'innocence et la joie. C'est à elle que je pensais pour interpréter un jour, dans mon opéra secret, le premier rôle féminin, celui de la jeune fille qui vivait seule avec sa mère près du pont de Luding et qui rejoignait avec enthousiasme l'armée révolutionnaire le jour où celle-ci arrivait au village.

Elle n'était pas encore très connue ; elle jouait des rôles secondaires ; mais de plus en plus le public l'identifiait. Jiang Qing l'avait prise sous son aile. Quand elle l'avait vue, rayonnante, en treillis militaire gris dans *Le Détachement féminin rouge*, elle s'était exclamée : « Mais on dirait moi à Yan'an en 1937 ! » Elle essaya d'en faire une nouvelle Li Tiemei ; mais Tang Meiyu manquait d'expérience, elle ne parvint pas à s'imposer. Elle tomba dans les pièges que lui tendaient les autres actrices – les plus âgées qui ne lui pardonnaient pas sa beauté, les jeunes qui étaient prêtes à tout pour prendre sa place. Je faisais mon possible pour la protéger et lui inspirer confiance en son talent. Un autre s'y employait aussi, c'était Qian Haoliang, la vedette masculine du *Fanal rouge*. Il était favorable à Jiang Qing et recevait son appui. Liu Changyu et lui se détestaient à mort. Le public ne s'en rendait pas compte ; mais sur la scène ils faisaient en sorte que leurs yeux ne se rencontrent jamais, elle regardait son nez et lui regardait son front. Le cœur de Tang Meiyu ne cessa de balancer entre Qian et moi. Quand il fut jeté en prison après l'arrestation de la Bande des Quatre, elle vint vivre avec moi ; elle s'en alla le rejoindre lorsqu'il fut libéré, sept ans plus tard. Je ne l'ai jamais revue.

*

Je ne lui en ai pas voulu ; notre vie était misérable. Je ne fus pas emprisonné, sans doute grâce à Hu Yaobang. À l'université de Beida, je fus convoqué devant une commission extraordinaire qui m'exclut définitivement du corps enseignant. Je savais que ma cause était perdue d'avance. J'avais peu d'arguments pour la plaider ; sinon que j'avais préparé clandestinement un livret qui minait de l'intérieur les strictes codifications des « opéras modèles » et aurait ébranlé la doctrine de la Révolution culturelle dans ses dogmes les plus fondamentaux. Mais mon texte avait disparu. « Les autorités ne nous ont rien transmis », dit le président de la commission, et l'assistance ricana. Ils avaient en revanche des pièces qui montraient de manière accablante mon implication « enragée » aux côtés d'une dangereuse fraction jusqu'au boutiste. En particulier j'avais écrit dans le *Shoudu hongweibing*, l'organe du quartier général révolutionnaire des Gardes rouges de l'enseignement supérieur, une phrase-choc qui allait être reprise sur des *dazibao* : « Qu'importe si le rat est blanc ou noir, pourvu qu'il rampe dans l'égout ! » Pour moi, cela n'avait été qu'un bon mot ; mais une semaine plus tard, le fils de Deng Xiaoping s'était jeté par la fenêtre pour échapper à un interrogatoire des Gardes rouges.

« D'autres, nous pourrions à la rigueur comprendre, trouver des raisons ; mais *vous*, comment avez-vous pu vous compromettre dans ces folies ? » demanda le président de la commission en clôturant la séance. Il n'attendait pas de réponse ; c'était un reproche lancé sous la forme d'une question rhétorique. Mais j'ai cherché à approfondir cette interrogation pour moi-même. Tout me désignait pour être plutôt une victime de choix de la Révolution culturelle. Le moins que l'on puisse dire est que je n'appartenais pas aux « Cinq espèces rouges », enfants d'ouvriers, de paysans, de soldats, de martyrs ou de cadres révolutionnaires. Les figures auxquelles avaient été liés les gens de ma famille avaient l'une après l'autre été rejetées dans les ténèbres de l'histoire officielle. Si je n'avais pas suivi Yao Wenyuan, j'aurais subi les pires avanies ; en étant avec lui, je recueillais des faveurs inespérées, et j'étais, d'une certaine manière, ému qu'il me les accorde au lieu de faire de moi sa proie. La peur n'avait pas suffi à m'engager sur cette voie. J'ai vécu ces années dans un mélange de contrainte, de sincérité et d'ambition. À l'université, mes étudiants semblaient mal endurer l'ennui que leur inspirait mon enseignement ; après 1966, les Gardes rouges me saluaient avec une raideur martiale et pleine de respect, lorsque je passais devant eux pour me rendre à Zhongnanhai. Un temps, moi aussi j'ai été craint.

Je fus affecté à la bibliothèque universitaire ; je devais noter sur un registre le nom des lecteurs qui se présentaient. « C'est ainsi que Mao a commencé », m'avait dit le chef de bureau en m'accueillant. Je le savais. Parmi les lecteurs, beaucoup feignaient d'ignorer que nous nous connaissions depuis longtemps. Souvent ils avaient été envoyés à la campagne durant plusieurs années ; quelquefois ils avaient subi de rudes séances d'autocritique, sous la férule d'enfants cruels ; ils retrouvaient le prestige de leurs positions antérieures. Plus tard, on me fit enseigner dans un lycée. Les élèves me chahutaient avec un tel entrain qu'il était clair qu'ils en avaient reçu la licence, ou la consigne ; on me reprochait mon « mandarinisme ésotérique ». Maintenant que la Révolution culturelle était passée, il semblait qu'on s'ingéniât à me la faire revivre sur un tout petit théâtre, et du mauvais côté. Cela ne dura guère. Je fus radié pour incapacité à exercer, je ne protestai pas ; je pouvais vivre modestement du peu qui me restait de la fortune de mon grand-père, entouré de mes livres et de ma solitude.

*

Il y a deux mois, j'ai entendu quelqu'un siffloter dans la rue un air de *Shajiabang*. J'étais près du petit pont de Yinding ; quand je peux me promener, c'est presque toujours là, au bord du lac, que mes pas me conduisent. J'ai tressailli ; j'ai pensé que je me trompais ; puis j'ai cru que le gâtisme ou la folie commençaient à s'emparer de moi. Comme pour me faire douter de mes sens et de mon esprit, la mélodie a disparu très vite, au moment où j'allais chercher d'où elle venait. Autour de moi, je n'ai vu que des jeunes gens ou des étrangers qui prenaient des photographies ; où auraient-ils appris cela ?

Quelques jours plus tard, c'est un air du *Fanal rouge* qui m'a fait dresser l'oreille. Cette fois, aucun doute n'était possible ; le sifflement était pur et sonore. Le vieil oiselier l'entonnait machinalement en changeant la disposition des cages devant sa boutique. J'ai ralenti, j'ai fait semblant de m'intéresser à sa marchandise. Il me voyait souvent passer là sans jamais lui prêter attention ; il a dû sentir que je l'observais, il s'est arrêté très vite, et j'ai repris mon chemin. Nos regards se sont croisés sans rien exprimer, mais avec – j'en suis sûr – une intensité secrète. Ni lui ni moi ne voulions engager la conversation.

Ces deux événements m'ont plongé dans des réflexions profondes. Il y avait des années que je n'avais plus entendu le moindre morceau des « opéras modèles » ; il m'a paru extraordinaire que deux personnes fredonnent cela dans la rue à quelques jours d'intervalle. Le printemps était tout juste revenu, tardif et somptueux ; les arbres étaient en fleur. Depuis des semaines je n'étais plus sorti. Était-il arrivé quelque chose tandis que je restais cloîtré ? Le fond de l'air avait-il changé ? Une nouvelle ligne était-elle en train de se dessiner ? Au sein du Comité central, d'âpres luttes invisibles avaient peut-être eu lieu dont le retour de ces mélodies aurait été l'indice lointain, à peine perceptible. Dans des faits anodins j'ai été habitué à voir des signaux avant-coureurs aussi sûrs que le vol d'un oiseau annonçant – pour qui sait le lire – le passage du calme à la tempête au bout de quelques heures. Notre pays est un immense navire ; trois mots murmurés sur la passerelle décident un changement de cap ; la manœuvre, majestueuse et insensible, s'étend sur plusieurs kilomètres ; souvent les passagers ne s'en apercevront que bien après qu'elle sera finie. Était-ce un de ces moments-là ?

Je suis rentré chez moi le cœur léger, léger comme il ne l'avait pas été depuis longtemps. Ensuite mes pensées sont devenues plus sombres. Je me suis demandé si l'on avait cherché à me rendre fou d'espoir, ou de nostalgie. Autrefois l'on entendait tout le temps les « opéras modèles », au théâtre, à la radio, dans les rues où les haut-parleurs les diffusaient largement. Chacun en connaissait par cœur des passages entiers ; et moi, plus que quiconque. La puissance du choc qui m'a transporté dans le temps m'a fortement ébranlé. A-t-on pensé que ma mort serait plus douce ou plus cruelle, si je basculais dans la démence de croire que le passé allait revenir ?

Les jours se sont écoulés sans que rien ne m'éclaire davantage. Puis est venu le petit article qui m'a appris la libération de Yao Wenyuan. Il disait aussi que Yao avait le projet d'une étude sur la révolte des Sourcils rouges, qui fit chuter Wang Mang l'usurpateur. C'était la dernière phrase ; j'y ai vu une énigme dont j'ai cherché à percer la signification.

J'ai d'abord cru à une facétie du journaliste, dictée par la propagande. En critiquant *La Destitution de Hai Rui*, Yao avait cherché dans l'analyse du passé des armes pour les luttes du présent ; il n'avait d'ailleurs fait que reprendre le procédé de Wu Han. Avec cette histoire de Sourcils rouges, voulait-on faire passer Yao pour un pitoyable repenti qui trouverait maintenant dans l'histoire ancienne de quoi condamner Mao en filigrane ? Wang Mang avait fait partie du panthéon maoïste ; il avait pris le pouvoir par la force et entrepris une audacieuse réforme agraire qui devait redistribuer équitablement les terres. Ses desseins n'étaient pas noirs ; mais la démesure de ses ambitions le conduisit tout droit à l'échec, comme Mao dans le Grand Bond en avant. La rébellion des paysans, qui étaient son appui initial et pour ainsi dire sa clientèle, précipita la fin de son règne. L'évocation de cet épisode laissait entendre que Mao avait lui-même été un usurpateur et un fou, sanctionné par la sagesse du peuple qu'il avait prétendu servir.

Ensuite les choses me sont apparues sous un tout autre

jour. La phrase laissait ouverte une deuxième interprétation, entièrement différente. Wang Mang avait été un révolutionnaire, mais qui voulait appliquer strictement les principes de Confucius à la société. Or Mao avait combattu l'emprise immémoriale de Confucius sur les esprits. De ce point de vue-là, les Sourcils rouges pouvaient être considérés comme l'analogue des Gardes rouges qui détruisaient les vieilles doctrines. De nouveau je me suis demandé si la « ligne de masse » n'était pas en train de revenir à pas feutrés dans l'air du temps. À elle seule, la libération de Yao n'en était-elle pas le signe ?

*

Hier, j'ai reçu la visite de X***. Il est professeur à Beida ; la philosophie néo-confucianiste de Zhu Xi est sa spécialité principale. Il exerce des fonctions importantes dans la commission des études historiques du Parti. Nous nous sommes beaucoup vus autrefois ; il était assistant à l'université quand je l'étais aussi. Lors de la Révolution culturelle, il fut durement molesté par les Gardes rouges, puis exilé à la campagne pendant de longues années ; il n'a pas pour moi des sentiments amicaux. Sa visite a été une surprise.

Notre dernière rencontre remontait à une éternité, mais il m'a parlé comme si nous nous étions quittés hier. Après de brèves salutations, il m'a exposé le motif de sa venue. « Un étudiant américain a écrit à Beida. Il est d'origine chinoise ; il est en train de préparer une thèse sur les opéras modèles, dans une université de Californie. Tiens, voici ce qu'il écrit. » Il contenait à peine un sourire bizarre ; il m'a tendu quelques feuillets rédigés en anglais. L'étudiant avait joint à sa lettre un article qu'il allait faire paraître dans une revue de *Chinese Studies*. Les premières lignes ont suffi à me faire sursauter. « *Last month, during its*

North American tour, the China Central Ballet repeatedly performed The Red Detachment of Women *as its grand finale, which caused postmodern audiences in Los Angeles and New York to marvel at the opera's innovative multipositionality and hybridity, in which revolutionary ideologies, exotic nativist music and dances of the Li ethnic minority on Hainan Island, and high European styles and modalities coalesce in a neo-Wagnerian* Gesamtkunstwerk... »

Ainsi donc, non seulement le Ballet national joue à nouveau des « opéras modèles » ; non seulement il en donne des représentations aux États-Unis ; mais de surcroît les Américains ont l'air de les écouter avec émerveillement et de voir en eux des œuvres de la première importance. Durant quelques instants, j'ai ressenti une grande lumière en moi. Mon esprit a entonné le vieux refrain avec plus de conviction que jamais : « Dans vingt ans, je serai à nouveau... »

Cependant X*** continuait à me fixer, sans se défaire de cette esquisse de sourire qui me mettait très mal à l'aise. « Tu vois, dit-il, tes "opéras modèles" intéressent beaucoup les capitalistes américains... » « Mais si c'est le Ballet national qui... Chez nous aussi, on recommence à les donner ? » Je lui ai raconté les fredonnements que j'avais entendus dans la rue. J'espérais – sans poser une question trop franche – obtenir de lui des informations sur les bouleversements idéologiques qu'il y avait derrière ces événements étranges et concomitants. « Oui, ici aussi ils sont en train de revenir à la mode… » À la mode ? Que voulait-il dire par là ? « … Nous nous sommes rendu compte que le public les redemandait. Les "opéras modèles" ont beaucoup de succès dans les karaokés. Les enregistrements qui ont été réédités se vendent très bien. Quand la télévision – tu ne regardes sans doute pas assez la télévision – a rediffusé *La Montagne du tigre prise d'assaut*, l'audience a été massive. Ce phénomène est récent. Deux, trois ou quatre ans, peut-être plus, il est difficile de déterminer précisément où et à quel moment tout cela a commencé. Les choses ont enflé silencieusement, peu à peu, et l'on s'en est aperçu il y a moins d'un an. Nous avons entrepris de récrire les livrets pour les... pour les *moderniser*... Ça n'a pas marché, les nouvelles versions ne se vendaient pas, les gens protestaient, ils voulaient les "opéras modèles" exactement comme ils étaient à l'origine. »

Il marqua une courte pause ; et il reprit comme s'il avait perçu les interrogations qui me brûlaient les lèvres. « Pourtant il n'y a rien – il chercha le mot juste, et le prononça d'une manière appuyée qui devait masquer son hésitation, mais la trahissait plutôt – il n'y a rien d'*idéologique* dans cette résurgence. C'est une nostalgie tout à fait innocente. Les gens âgés se souviennent de leur jeunesse ; les gens jeunes trouvent ces œuvres curieuses et divertissantes. C'est vrai qu'elles sont, comment dire, *entraînantes*. Au début, les instances se sont un peu inquiétées de cet engouement. Puis l'on a vite compris qu'il correspondait à un désir du peuple de regarder vers l'avenir avec des sentiments simples et positifs – des sentiments qui sont très bien exprimés dans les "opéras modèles". Il n'y avait aucune raison de brimer cette inclination. Tout juste peut-on la canaliser légèrement, sans forcer, comme l'eau qui coule de la montagne, pour être bien sûr qu'elle aille dans la bonne direction. »

Il s'arrêta un moment pour me laisser méditer sur sa grande éloquence – et admirer la pertinence de cette dernière image tout droit sortie de Sun Tzu. Encouragé par la satisfaction qu'il avait de lui-même, il continua. « Oui, c'est important, *aujourd'hui*, de regarder vers l'avenir avec des sentiments simples et positifs. Je vais t'en donner un autre exemple : la commission des programmes scolaires, à laquelle je suis de temps en temps associé, est en train de se demander s'il faut garder autant d'extraits de Lu Xun dans les manuels de littérature. Ce subjectivisme, ces tourments, ces personnages si peu héroïques, si affectés par le drame de leur médiocrité, est-ce cela dont notre jeunesse a besoin ? » Et il ajouta : « Évidemment, nous ne cesserons pas de lui rendre hommage. » « Mais c'est comme pendant les "dix années", on avait... » Il eut l'air de penser qu'il avait trop parlé. « Cela n'a rien à voir. Il s'agit *aujourd'hui* – de nouveau il donna à ce mot une solennité irritante, comme s'il était la source de toute chose légitime – de regarder vers l'avenir avec des sentiments simples et positifs. Toute la nation rassemble ses forces pour *produire et prospérer* ; personne ne doit gaspiller les siennes. » Je voulus dire que durant les « dix années » nous cherchions aussi à « regarder vers l'avenir avec des sentiments simples et positifs », mais je n'aurais fait que l'agacer en vain. « D'ailleurs, dit-il (et le fin sourire dont il ne s'était pas départi devint un peu plus large), toi, tu as toujours eu quelque chose d'un personnage de Lu Xun… Au fait, l'étudiant américain s'intéressait à tes anciennes activités. » Il a dû voir que mes yeux commençaient à briller ; il s'est mis à réciter l'épigramme cruelle :

> *Vieille tortue*
> *Qui bouge sa petite tête*
> *Quand on parle de gloire*

Cette fois-ci il a laissé échapper un rire franc, obscène, mortifiant ; puis quelques instants passèrent, pour qu'il retrouve son souffle. « Oui, il se demandait s'il pourrait entrer en contact avec toi, afin de compléter ses recherches par des témoignages historiques. Nous lui avons répondu que compte tenu de ton état de santé, naturellement… » « Naturellement », ai-je répondu comme pour lui épargner d'en dire davantage, ce qu'il n'aurait de toute façon pas fait. J'espérais terminer au plus vite l'entretien en feignant d'acquiescer. Je n'avais qu'une hâte, c'était de voir ce sinistre personnage s'en aller. Il a pris congé ; il a dû penser qu'il avait bien joué son rôle.

Le soir, j'ai pris *L'Histoire véridique d'Ah Q* dans ma bibliothèque. Je crois que je ne l'avais pas rouvert depuis que je l'ai lu à l'âge de vingt ans ; Lu Xun n'a jamais fait partie des auteurs que je préfère. Ma lecture s'est terminée au milieu de la nuit, vers trois heures du matin. J'en avais peu de souvenirs. Le malheureux Ah Q vit dans l'illusion que ses échecs sont des victoires et que son destin n'est pas l'insignifiance mais la gloire. À la fin du livre il est condamné à mort pour des larcins stupides. Avant de monter sur l'échafaud, tandis qu'on le promène dans la ville, il veut chanter un air d'opéra pour faire ses adieux au monde en beauté ; mais il en connaît à peine deux ou trois et ne les trouve de toute façon pas assez héroïques. (Je me suis dit que moi je savais beaucoup plus de tirades ; mais que cela n'aurait sans doute pas rendu le choix plus facile.) Les gens sont déçus. « Pitoyable condamné... On a passé beaucoup de temps à le promener dans les rues et il n'a pas été fichu de chanter une seule ligne d'un opéra... » Tout ce qu'il sait dire, c'est le vieux refrain, qu'il n'a pas le temps d'achever – peut-être ne sait-il même pas le faire : « Dans vingt ans, je serai à nouveau... » Il y a exactement vingt ans – depuis 1976 – que chaque jour qui passe cette phrase résonne à l'intérieur de moi. J'avais oublié qu'elle se trouvait là ; c'est une chose bien connue, pourtant.

La citation de l'étudiant américain provient d'un texte réel ; son auteur est Liu Kang, qui est aujourd'hui professeur à Duke University, au département des Asian and Middle Eastern Studies. *Elle apparaît dans la notice Wikipédia consacrée aux* Revolutionary operas *(en anglais).*

Les souvenirs du narrateur, lorsqu'il décrit les missions de redressement idéologique dont il est chargé auprès des metteurs en scène et des acteurs, sont inspirés en particulier du « Témoignage de la troupe numéro 1 de l'opéra de Pékin ». J'ai souvent vu ce texte cité comme document représentatif de la réforme de l'opéra (par exemple dans la vaste anthologie que comporte le livre de Gilbert Mury, De la Révolution culturelle au Xe Congrès du Parti communiste chinois, *UGE, 1973). Mon personnage l'a certainement connu ; peut-être en a-t-il même influencé l'écriture.*

Il existe un fragment autobiographique de Ba Jin qui est à plusieurs égards une matrice et un miroir de ce récit (« Les opéras modèles », dans Pour un musée de la Révolution culturelle, *traduit en français par Angel Pino, Bleu de Chine, 1996).*

À l'exception du narrateur, du professeur qui lui rend visite à la fin et de la jeune actrice Tang Meiyu (j'emprunte son nom à une nouvelle de Jiang Yun, « Le Détachement féminin rouge », traduite par Brigitte Duzan sur son site chinese-shortstories.com), sans parler naturellement des divers « figurants » anonymes (les médecins, l'oiselier, etc.), tous les personnages nommés dans le récit ont réellement existé ; les propos qui leur sont prêtés sont imaginaires.

Remerciements spéciaux à Gilles Collard, Donatien Grau et Jacques Goursaud.

M.R.

Rivages poche/Petite Bibliothèque
Collection dirigée par Lidia Breda

L'Art de ne croire en rien (n° 392)
Sefer Yesirah ou Le livre de la Création (n° 387)
Évangile de l'enfance de Jésus (n° 563)
Les 36 stratagèmes (n° 572)
Giorgio Agamben *Stanze* (n° 257)
  Moyens sans fins (n° 380)
  Ce qui reste d'Auschwitz (n° 390)
  L'Ombre de l'amour (n° 434)
  Le Temps qui reste (n° 466)
  L'Ouvert (n° 533)
  Profanations (n° 549)
  Qu'est-ce qu'un dispositif ? (n° 569)
  L'Amitié (n° 584)
  Qu'est-ce que le contemporain ? (n° 687)
  La puissance de la pensée (n° 712)
  Nudités (n° 760)
  De la très haute pauvreté (n° 781)
Mlle Aïssé *Lettres à Madame C...* (n° 660)
Günther Anders *Nous, fils d'Eichmann* (n° 426)
  La Haine (n° 642)
R. Appignanesi *Freud* (n° 539)
Apulée *Le Démon de Socrate* (n° 110)
  Amour et psyché (n° 542)

Hannah Arendt	*Considérations morales* (n° 181)
	Le Concept d'amour chez Augustin (n° 288)
	Qu'est-ce que la philosophie de l'existence ? (n° 400)
L'Arétin	*Sonnets luxurieux* (n° 192)
Aristote	*L'Homme de génie et la Mélancolie* (n° 39)
	Rhétorique-Des passions (n° 40)
	Éthique à Eudème (n° 129)
	La Vérité des songes (n° 162)
W. H. Auden	*Shorts* (n° 407)
	Horae Canonicae (n° 523)
Marc Augé	*L'Impossible Voyage* (n° 214)
	Les Formes de l'oubli (n° 333)
	La Communauté illusoire (n° 669)
	Éloge de la bicyclette (n° 685)
	Pour une anthropologie de la mobilité (n° 747)
Augustin	*La Vie heureuse* (n° 261)
	Le Bonheur conjugal (n° 347)
	Confessions portatives (n° 641)
	Soliloques (n° 694)
Francis Bacon	*Sur le prolongement de la vie et les moyens de mourir* (n° 401)
H. de Balzac	*Petites misères de la vie conjugale* (n° 724)
	Traité de la vie élégante (n° 752)

Barbey d'Aurevilly	*Du dandysme et de George Brummell* (n° 233)
J.-F. de Bastide	*La Petite Maison* (n° 607)
Zygmunt Bauman	*Vies perdues* (n° 633)
Marc Bekoff	*Les émotions des animaux* (n° 773)
Bruce Benderson	*Pour un nouvel art dégénéré* (n° 259)
	Sexe et solitude (n° 335)
Walter Benjamin	*Je déballe ma bibliothèque* (n° 320)
	Enfance (n° 699)
	Critique et utopie (n° 737)
H. Bergson	*La politesse* (n° 610)
Isaiah Berlin	*La Liberté et ses traîtres* (n° 659)
L. Binswagner - A. Warburg	
	La guérison infinie (n° 716)
William Blake	*Chants d'innocence* (n° 676)
Léon Bloy	*Exégèse des lieux communs* (n° 501)
	Le Symbolisme de l'Apparition (n° 618)
Boèce	*Consolation de la Philosophie* (n° 58)
Marie Bonaparte	*Topsy, les raisons d'un amour* (n° 456)
Bossuet	*Sermon sur les anges gardiens* (n° 516)
Georg Büchner	*Lenz* (n° 244)
Buffon	*Discours sur la nature des animaux* (n° 424)
Samuel Butler	*Contrevérités* (n° 651)
Lewis Carroll	*Lettres à Alice* (n° 703)
Casanova	*Mon apprentissage à Paris* (n° 252)
	Discours sur le suicide (n° 589)
Michel Cassé	*Théories du ciel* (n° 504)
Anne Cauquelin	*Petit traité du jardin ordinaire* (n° 499)

Patrizia Cavalli	*Toujours ouvert théâtre* (n° 379)
Claude Chabrol	*Comment faire un film* (n° 462)
Catherine Chalier	*De l'intranquillité de l'âme* (n° 495)
André le Chapelain	*Comment maintenir l'amour* (n° 418)
Mme de Charrière	*Lettres de Lausanne* (n° 541)
Chateaubriand	*Amour et Vieillesse* (n° 587)
Mme du Châtelet	*Discours sur le bonheur* (n° 221)
Malek Chebel	*Du désir* (n° 414)
Chesterfield	*Lettres à son fils* (n° 99)
Christine de Suède	*Maximes* (n° 200)
Cicéron	*Petit Manuel de campagne électorale* (n° 559)
	L'orateur idéal (n° 639)
C. Von Clausewitz	*De la guerre* (n° 530)
Joseph Conrad	*Un avant-poste du progrès* (n° 631)
	Amy Foster (n° 787)
J. Conrad - F.M. Fox	
	La nature d'un crime (n° 778)
Claude Crébillon	*Lettres de la Marquise de M*** au Comte de R**** (n° 322)
Benedetto Croce	*Pourquoi nous ne pouvons pas ne pas nous dire « chrétiens »* (n° 672)
Nicolas de Cues	*La Docte Ignorance* (n° 704)
Tullia d'Aragona	*De l'infinité d'amour* (n° 210)
Charles Darwin	*L'Expression des émotions chez l'homme et les animaux* (n° 351)
	Le Corail de la vie (n° 623)
	Écrits intimes (n° 647)
Mme du Deffand	*Lettres à Voltaire* (n° 139)

Erri De Luca	*Un nuage comme tapis* (n° 176)
	Rez-de-chaussée (n° 191)
	Alzaia (n° 382)
	Première heure (n° 441)
C. Deneuve / A. Desplechin	
	Une certaine lenteur (n° 690)
Charles Dickens	*Les Carillons* (n° 769)
	Londres la nuit (n° 770)
Alfred Döblin	*Sur la musique* (n° 386)
John Donne	*Méditations en temps de crise* (n° 365)
	Poèmes sacrés et profanes (n° 532)
Dostoïevski	*Carnets* (n° 511)
	Le Bourgeois de Paris (n° 556)
A. Dufourmantelle	*En cas d'amour* (n° 732)
Maître Eckhart	*Du détachement* (n° 143)
	Conseils spirituels (n° 408)
	La Divine Consolation (n° 449)
	Sermons allemands (n° 512)
	Aphorismes et légendes (n° 551)
Umberto Eco - Cardinal Martini	
	Croire en quoi ? (n° 238)
Einstein / Freud	*Pourquoi la guerre ?* (n° 488)
R. W. Emerson	*La Confiance en soi* (n° 302)
	Société et solitude (n° 692)
Épictète	*Manuel* (n° 132)
	Ce que promet la Philosophie (n° 735)
Euripide - Sénèque	*Médée* (n° 211)
J.-H. Fabre	*Une ascension au mont Ventoux* (n° 791)
Ch. de Foucauld	*Déserts* (n° 750)

M. Fernandez	*Tout n'est pas veille lorsqu'on a les yeux ouverts* (n° 465)
F.S. Fitzgerald	*L'Effondrement* (n° 701)
Ennio Flaiano	*Journal des erreurs* (n° 275)
Charles Fourier	*Des harmonies polygames en amour* (n° 417)
Anatole France	*Le procurateur de Judée* (n° 496)
	La révolte des anges (n° 673)
	Le livre de mon ami (n° 779)
B. Franklin	*Conseils pour se rendre désagréable* (n° 792)
S. Freud - S. Zweig	*Correspondance* (n° 166)
Fronton	*Éloge de la négligence* (n°588)
H. G. Gadamer	*L'Héritage de l'Europe* (n° 429)
Francis Galton	*Petit manuel de survie* (n° 467)
A. Gnoli/F. Volpi	*Le LSD et les années psychédéliques* (n° 536)
Goethe	*Maximes et réflexions* (n° 343)
W. Gombrowicz	*Cours de philosophie en six heures un quart* (n° 171)
Baltasar Gracián	*L'Art de la prudence* (n° 116)
Martin Heidegger	*Remarques sur art – sculpture – espace* (n° 640)
Heinrich Heine	*Idées. Le Livre de Le Grand* (n° 437)
Hésiode	*Théogonie – La naissance des dieux* (n° 83)
Franz Hessel	*Flâneries parisiennes* (n° 789)
Herman Hesse	*Une bibliothèque idéale* (n° 763)
James Hillman	*Le Mythe de la psychanalyse* (n° 554)

	La Trahison (n° 626)
Hippocrate	*Sur le rire et la folie* (n° 49)
	Airs, eaux, lieux (n° 174)
Hofmannsthal	*Lettre de Lord Chandos* (n° 312)
	Chemins et rencontres (n° 396)
	Lettres à Rilke (1902-1925) (n° 459)
	Les mots ne sont pas de ce monde (n° 494)
D'Holbach	*L'Art de ramper* (n° 670)
F. Hölderlin	*Poèmes (1806-1843)* (n° 352)
	Hymnes (n° 482)
Homère	*Figures de l'amour* (n° 552)
Jane Hope	*Bouddha* (n° 540)
Horace	*Vivre à la campagne* (n° 344)
Ippolita	*Le côté obscur de Google* (n° 709)
Jahiz	*Éphèbes et courtisanes* (n° 231)
Jean Jaurès	*Le socialisme et la vie* (n° 686)
Jean	*Apocalypse* (n° 165)
	Évangile (n° 321)
Jean Chrysostome	*De l'incompréhensibilité de Dieu* (n° 317)
Jean Paul	*Être là dans l'existence* (n° 239)
Hans Jonas	*Le Concept de Dieu après Auschwitz* (n° 123)
	Le Droit de mourir (n° 196)
	Pour une éthique du futur (n° 235)
	Évolution et liberté (n° 486)
James Joyce	*Lettres à Nora* (n° 741)

Franz Kafka	*Réflexions sur le péché, la souffrance, l'espérance et le vrai chemin* (n° 334)
	Journal intime (n° 609)
	Cahiers in-octavo (n° 742)
Kant	*Sur la différence des deux sexes* (n° 527)
Stephen Karcher	*Yi king* (n° 247)
John Keats	*Lettres à Fanny* (n° 677)
S. Kierkegaard	*Crainte et tremblement* (n° 291)
	La Répétition (n° 413)
	Dialectique de la communication (n° 470)
	Johannes Climacus ou Il faut douter de tout (n° 223)
	La Crise dans la vie d'une actrice (n° 749)
Rudyard Kipling	*La plus belle histoire du monde* (n° 638)
	Dans la jungle (n° 667)
	Paroles de chien (n° 679)
P. Klossowski	*La Monnaie vivante* (n° 230)
Karl Kraus	*La Littérature démolie* (n° 92)
	Cette grande époque (n° 294)
Ch. et M. Lamb	*Les Contes de Shakespeare* (n° 681)
Mme de Lambert	*De l'amitié* (n° 268)
	Avis d'une mère à sa fille (n° 566)
La Motte-Fouqué	*Ondine* (n° 710)
J. O. de La Mettrie	*L'Homme plus que machine* (n° 442)
La Rochefoucauld	*Maximes et mémoires* (n° 345)
D. H. Lawrence	*Lettres à K. Mansfield* (n° 635)
S. J. Lec	*Nouvelles pensées échevelées* (n° 306)

J. M. R. Lenz	*Cours philosophiques pour âmes sentimentales* (n° 325)
G. Leopardi	*Philosophie pratique* (n° 258)
	Chants (n° 717)
Nikolaï Leskov	*Le Voyageur enchanté* (n° 728)
E. Levinas	*Quelques réflexions sur la philosophie de l'hitlérisme* (n° 226)
	Éthique comme philosophie première (n° 254)
Liang / Xiangsui	*La Guerre hors limite* (n° 531)
G. C. Lichtenberg	*Pensées* (n° 283)
Lie Zi	*Du vide parfait* (n° 263)
Prince de Ligne	*Pensées, portraits et lettres* (n° 381)
Clarice Lispector	*Le seul moyen de vivre* (n° 743)
David Lodge	*À la réflexion* (n° 766)
Longin	*Du sublime* (n° 105)
Adolf Loos	*Ornement et crime* (n° 412)
K. Lorenz	*De petits points lumineux d'espoir* (n° 645)
Lucien	*Philosophes à vendre* (n° 72)
	Sur le deuil (n° 619)
Georg Lukacs	*Journal 1910-1911* (n° 526)
A. Machado	*De l'essentielle hétérogénéité de l'être* (n° 391)
Claudio Magris	*Voyager* (n° 543)
K. et J. Marx	*Lettres d'amour et de combat* (n° 782)
Alma Mahler	*Journal intime* (n° 768)
Marc Aurèle	*À soi-même* (n° 440)
Gabriel Matzneff	*De la rupture* (n° 298)

Paradis de Moncrif	*Essais sur la nécessité et sur les moyens de plaire* (n° 364)
H. Melville	*Le bonheur dans l'échec* (n° 604)
Mencius	(n° 615)
Montaigne	*De la vanité* (n° 63)
	L'Art de conférer (n° 330)
Lola Montes	*L'Art de la beauté* (n° 748)
Montesquieu	*Essai sur le goût* (n° 96)
Elsa Morante	*Petit manifeste des communistes* (n° 500)
André Morellet	*De la Conversation* (n° 169)
W. Morris	*Comment nous vivons, comment nous pourrions vivre* (n° 775)
F. Nietzsche	*Dernières lettres* (n° 70)
	Ainsi parla Zarathoustra (n° 394)
C. Nodier	*Questions de littérature légale* (n° 731)
D. Noguez	*Les Plaisirs de la vie* (n° 353)
	Comment rater complètement sa vie en onze leçons (n° 438)
	Vingt choses qui nous rendent la vie infernale (n° 574)
Mori Ogai	*Chimères* (n° 739)
Kakuzo Okakura	*Le Livre du thé* (n° 481)
Ortega y Gasset	*Le Spectateur* (n° 80)
	Études sur l'amour (n° 452)
Carlo Ossola	*En pure perte* (n° 730)
Ovide	*Amours* (n° 202)
G. Palante	*Le Bovarysme* (n° 605)
Martin Palmer	*Le Taoïsme* (n° 222)

Pascal	*Pensées sur la politique* (n° 75)
	L'Art de persuader (n° 330)
	Écrits sur la grâce (n° 582)
Fernando Pessoa	*Fragments d'un voyage immobile* (n° 42)
	Lettres à la fiancée (n° 43)
Pétrarque	*Mon secret* (n° 52)
	La Vie solitaire (n° 266)
	Contre la bonne et la mauvaise fortune (n° 360)
	Séjour à Vaucluse (n° 653)
	Sur sa propre ignorance (n° 755)
Enea Silvio Piccolomini (Pape Pie II)	
	Lettre à Mahomet II (n° 393)
Jackie Pigeaud	*Poésie du corps* (n° 656)
	Melancholia (n° 726)
	Que veulent les femmes ? (n° 684)
Platon	*Le Banquet* (n° 493)
Plutarque	*Comment tirer profit de ses ennemis* (n° 103)
	Comment écouter (n° 150)
	La Sérénité intérieure (n° 336)
	Manger la chair (n° 395)
	Sur le bavardage (n° 538)
	Conseils aux politiques (n° 558)
	Consolation à Apollonios (n° 596)
Alexander Pope	*La boucle de cheveux enlevée* (n° 687)
Karl R. Popper	*Des sources de la connaissance et de l'ignorance* (n° 241)
A. Prévost-Paradol	*Madame de Marçay* (n° 682)

Marcel Proust	*Les intermittences du cœur* (n° 646)
A. Radichtchev	*Voyage de Petersbourg à Moscou* (n° 573)
Félix Ravaisson	*De l'habitude* (n° 208)
Révéroni Saint-Cyr	*Pauliska* ou *La Perversité moderne* (n° 361)
R. M. Rilke	*Journal de Westerwede et de Paris, 1902* (n° 409)
	Lettres de Paris (n° 514)
	Élégies de Duino (n° 564)
Rilke/Balthus	*Mitsou, histoire d'un chat* (n° 597)
Rilke/Tsvétaïeva	*Est-ce que tu m'aimes encore ?* (n° 595)
Lalla Romano	*J'ai rêvé de l'Hôpital* (n° 272)
Rosvita	*Résurrection de Drusiane et de Calimaque* (n° 378)
J.-J. Rousseau	*Émile et Sophie* (n° 127)
John Ruskin	*Sésame et les lys* (n° 718)
	La Bible d'Amiens (n° 725)
Von Sacher-Masoch	
	La Vénus à la fourrure (n° 661)
Sade	*Voyage à Naples* (n° 613)
Sainte-Beuve	*Mme Du Deffand et autres portraits* (n° 608)
R. Sánchez Ferlosio	*Nous aurons encore de mauvais moments* (n° 287)
Pierre Sansot	*Du bon usage de la lenteur* (n° 313)
	Chemins aux vents (n° 388)
	La beauté m'insupporte (n° 537)
	Ce qu'il reste (n° 657)

Sappho	*Poèmes* (n° 478)
Fernando Savater	*Pour l'éducation* (n° 314)
K. G. Schelle	*L'Art de se promener* (n° 187)
F. Schlegel	*Philosophie de la vie* (n° 776)
Arthur Schnitzler	*Lettres aux amis* (n° 45)
	Relations et solitudes (n° 51)
	La Transparence impossible (n° 68)
	Correspondance (avec Zweig) (n° 348)
	Double Rêve (n° 680)
	Journal (n° 767)
G. Scholem	*Benjamin et son ange* (n° 158)
Schopenhauer	*Douleurs du monde* (n° 57)
	Essai sur le libre arbitre (n° 66)
	Contre la philosophie universitaire (n° 113)
	Petits écrits français (n° 664)
C. M. Schulz	*La vie est un rêve, Charlie Brown* (n° 368)
	Lucy psychiatre (n° 369)
	Courage, Charlie Brown (n° 402)
	Il est temps de changer, Charlie Brown (n° 403)
	Il était une fois, Charlie Brown (n° 430)
	On va y arriver, Charlie Brown (n° 431)
	Peanuts (n° 446)
	C'est la vie, Charlie Brown (n° 471)
	Sauve qui peut, Charlie Brown (n° 472)
	Il ne faut pas faire ça, Charlie Brown (n° 484)

	Par une nuit noire et orageuse
	Te voilà, Charlie Brown (n° 505)
	Les amours des Peanuts (n° 506)
	As-Tu jamais pensé que Tu pouvais avoir tort ? (n° 524)
	Envole-toi, Charlie Brown (n° 525)
	Fais face, Charlie Brown (n° 550)
	Miaou ! (n° 575)
	Une vie de chien (n° 590)
	Le doudou de Linus (n° 614)
	Sally à l'école (n° 652)
	Supersnoopy (n° 678)
	Play It Again, Schroeder (n° 695)
M. de Scudéry	*Du mensonge* (n° 625)
Amartya Sen	*La démocratie des autres* (n° 548)
Sénèque	*De la tranquillité de l'âme* (n° 48)
	De la brièveté de la vie (n° 53)
	Consolations (n° 60)
	Le Temps à soi (n° 457)
	De la clémence (n° 490)
Shelley	*Défense de la poésie* (n° 714)
Angelus Silesius	*Le Voyageur chérubinique* (n° 464)
Georg Simmel	*Philosophie de l'amour* (n° 55)
	La Tragédie de la culture (n° 86)
	Michel-Ange et Rodin (n° 180)
Peter Sloterdijk	*Dans le même bateau* (n° 420)
Natsumé Sôseki	*Mon individualisme* (n° 450)
Mme de Staël	*De l'influence des passions* (n° 299)
	Dix années d'exil (n° 744)

Stendhal	*Du rire* (n° 513)
	Les privilèges (n° 570)
Laurence Sterne	*Voyage sentimental en France et en Italie* (n° 654)
R. L. Stevenson	*Devenir écrivain* (n° 624)
Stoïciens (Les)	*Passions et vertus* (n° 445)
Leo Strauss	*Nihilisme et politique* (n° 460)
Sunzi – Sun Bin	*L'Art de la guerre* (n° 458)
Heinrich Suso	*Tel un aigle* (n° 487)
Italo Svevo	*Dernières cigarettes* (n° 311)
	La Vie conjugale (n° 594)
	Court voyage sentimental (n° 751)
Jonathan Swift	*La Bataille des livres et autres essais* (n° 419)
H. Taine	*Vie et opinions philosophiques d'un chat* (n° 601)
Jacob Taubes	*En divergent accord* (n° 425)
William Thackeray	*Le livre des Snobs* (n° 650)
Théophraste	*Caractères* (n° 688)
Thérèse d'Avila	*Le Château intérieur* (n° 248)
Chantal Thomas	*Comment supporter sa liberté* (n° 297)
	Sade, la dissertation et l'orgie (n° 384)
	Souffrir (n° 522)
	L'esprit de conversation (n° 706)
H.-D. Thoreau	*Les forêts du Maine* (n° 771)
Ludwig Tieck	*Le Chat botté* (n° 754)
Léon Tolstoï	*L'Évangile expliqué aux enfants* (n° 696)
	Lettres à sa femme (n° 738)
F. de Towarnicki	*Martin Heidegger* (n° 385)

Shmuel Trigano	*Le Temps de l'exil* (n° 515)
M. Tsvétaïéva	*Après la Russie* (n° 89)
	Est-ce que tu m'aimes encore ? (n° 595)
	Matins bénis (n° 627)
Kurt Tucholsky	*Chroniques parisiennes* (n° 665)
Mark Twain	*La liberté de parole* (n° 697)
Raoul Vaneigem	*Pour l'abolition de la société marchande – pour une société vivante* (n° 480)
Voltaire	*Lettres (1711-1778)* (n° 634)
Otto Weininger	*Livre de poche* et *Lettres à un ami* (n° 489)
J. Van de Wetering	*Un éclair d'éternité* (n° 278)
	Le Miroir vide (n° 310)
	L'Après-zen (n° 421)
Edith Wharton	*Paysages italiens* (n° 753)
	La plénitude de la vie (n° 790)
Oscar Wilde	*La Vérité des masques* (n° 346)
Virginia Woolf	*De la maladie* (n° 562)
	L'écrivain et la vie (n° 600)
	Une pièce bien à soi (n° 733)
	Suis-je snob ? (n° 734)
	Elles (n° 759)
	Lettre à un jeune poète (n° 785)
Xénophon	*L'Économique* (n° 145)
J.-G. Ymbert	*L'Art de faire des dettes* (n° 193)
Yogīndu	*Lumière de l'Absolu* (n° 281)
Federico Zeri	*Renaissance et pseudo-Renaissance* (n° 356)
	Le Mythe visuel de l'Italie (n° 357)

Stefan Zweig *Le désarroi des sentiments* (n° 774)
La peur (n° 783)
Stefan Zweig / Arthur Schnitzler
Correspondance (n° 348)

Mise en pages
PCA – 44400 Rezé

Achevé d'imprimer en novembre 2013
sur les presses de Normandie Roto Impression s.a.s.
à Lonrai (Orne)
pour le compte des Éditions Payot & Rivages
106, bd Saint-Germain — 75006 Paris
N° d'impression : 134453
Dépôt légal : septembre 2013

Imprimé en France